Beatrice Masini

Isabelita
la Exploradora

Ilustración de
Desideria Guicciardini

Título original: *Isabelita senzapaura*

www.anayainfantilyjuvenil.com
e-mail: anayainfantilyjuvenil@anaya.es

© Edizioni EL s.r.l., 2010
© De la cubierta: Desideria Guicciardini
© De la traducción: María Prior Venegas, 2012
© De esta edición: Grupo Anaya, S. A., 2012
Juan Ignacio Luca de Tena, 15. 28027 Madrid
e-mail: anayainfantilyjuvenil@anaya.es

Primera edición, septiembre 2012

ISBN: 978-84-678-2931-0
Depósito legal: M-20.227/2012
Impreso en España - Printed in Spain

Prólogo

Donde conocemos a una niña muy especial y a su padre, y nos despedimos de su madre casi sin haberla conocido

Aunque ya tenía ocho años, Isabelita apenas conocía a su padre. En casa, es cierto, había un montón de fotos suyas, y copas, diplomas y reconocimientos de todo tipo, que había conseguido a lo largo de su vida como explorador. Pero don Pedro de Silva nunca estaba en casa, casi siempre se encontraba lejos, explorando lugares del mundo que nadie conocía todavía, como antiguas ciudades enterradas o escondidas en la selva.

Su mujer y su hija esperaban siempre su regreso. Para aliviar la espera, Isabelita y su madre hacían muchas cosas, como ir a clases de baile, de pintura o de cocina. Ya estaban acostumbradas. Solo por poner un ejemplo, cuando nació

Isabelita, su padre estaba intentando descubrir un pasadizo hacia el centro de la Tierra y, como no podía dejarlo todo allí abajo para subir a la superficie, conoció a su hija cuando ya tenía catorce meses.

Incluso ahora que era mayor, Isabelita veía a su padre solo unos días al año. Cuando no había conseguido todavía acostumbrarse a su voz, a sus mejillas ásperas por la barba o a su olor, él volvía a marcharse de nuevo. Por eso se puede decir que ella no lo echaba mucho de menos, pero su madre sí.

La señora de Silva tenía una salud delicada y no podía acompañar a su marido en sus viajes. No, se quedaba en casa, aguardando su llegada.

Y claro, de sentir tanta tristeza durante días y días, la madre de Isabelita enfermó y murió de pena.

Pedro de Silva recibió la terrible noticia cuando estaba a punto de llegar a una ciudad prohibida en la cima de una montaña en el extremo sur del mundo. Y esta vez, por primera vez en su vida, le sobrecogió un enorme sentimiento de culpa.

Sintió que se le rompía el corazón y dejó su hazaña sin concluir para volver a casa lo antes posible.

Lloró la pérdida de su mujer y se encontró ante una niña de diez años, que apenas conocía y que lo miraba fijamente.

Entendió entonces que debía hacer algo si no quería perder también a

Isabelita, así que decidió llevársela consigo siempre que emprendiera un nuevo viaje.

Isabelita todavía era muy pequeña para quedarse sola, así que, aunque no le gustase la idea de viajar con su padre, no se podía oponer. En realidad, sentía más curiosidad que miedo. Además, no imaginaba la de sorpresas y, en algunos casos, adversidades que acompañan a los exploradores. Así que hizo las maletas y se preparó para vivir una nueva aventura.

Capítulo 1

Donde Isabelita descubre
que los exploradores viajan
con poco equipaje

A fligido como estaba, Pedro de Silva no había prestado atención a las maletas de Isabelita. Dejó que fuese ella misma quien preparara el equipaje. Pero cuando se encontraron a bordo del barco que debía llevarlos al otro lado del océano, a la ciudad de Prado del Mar, primera etapa de su nueva aventura, fue como si por fin abriera los ojos.

—Hija, ¿pero cuántas cosas te has traído?

—Papá, lo necesario —respondió Isabelita—. Como me dijiste que no volveríamos a casa, me he traído todo.

Y dirigió su mirada a la montaña de baúles que ocupaba prácticamente todo el camarote.

—Pero, querida niña, ¡no podremos llevar todas estas cosas en nuestros viajes! Tendremos mulas y porteadores, pero no les podemos cargar con… con… con… ¿me quieres explicar qué llevas ahí dentro?

—Todo —respondió Isabelita—. Mis juguetes, mis vestidos de verano y de invierno, los disfraces, los libros de clase, los cuadernos…

—A partir de ahora, tu escuela será
la vida. Cuando lleguemos a Prado del
Mar, pediré que te hagan un par de
trajes de exploradora. ¡Y dejaremos
que todo lo demás se lo lleve el océano!

Fue entonces cuando Pedro de Silva descubrió (y nosotros también) que Isabelita no era una persona dócil como su madre.

—¡Ni hablar! —replicó, poniéndose muy seria. Estas cosas son mías. Por el momento es todo lo que tengo y no quiero tirarlas para que se las coman las ballenas.

El padre quiso explicárselo para que entrara en razón, pero el sentimiento de culpa lo detuvo.

Se sentía responsable por lo que había sucedido, y pensaba que su hija ya había sufrido bastante con la pérdida de su madre. Por eso decidió llegar a un acuerdo con ella.

—Te propongo lo siguiente —dijo—: En Prado del Mar

alquilaremos un almacén donde podrás dejar todas tus cosas, y llevarte contigo solo lo estrictamente necesario. Cuando volvamos, las encontrarás intactas.

Lo que no dijo fue que quizás a la vuelta no pasarían por Prado del Mar. En realidad, todavía no lo sabía, estaba acostumbrado a cambiar de itinerario en el último momento.

Isabelita asumió el acuerdo.

En los días siguientes, mientras el barco seguía su ruta, Pedro de Silva le habló a su hija sobre la misión que iban a llevar a cabo: debían encontrar los restos del antiguo Templo de los Monos de Oro, en la isla de Testudo.

Una leyenda decía que había un tesoro inmenso escondido en ese templo, pero nadie conocía el lugar exacto en que se hallaba el templo ni el tesoro, porque ningún explorador había vuelto jamás para contar lo que allí se escondía.

El padre de Isabelita estaba convencido de que era un reto muy interesante, y no por el tesoro (para él las riquezas no tenían ningún valor, pero sí la aventura), sino porque nadie lo había logrado antes. A Isabelita también le entusiasmó la idea, y comenzó a estudiar los mapas de la isla junto a su padre, por la noche, sobre la mesa del capitán.

No sabía nada de aventuras, pero deseaba emprender la búsqueda del tesoro. En esto había salido a su padre, que al reconocer en la niña el mismo

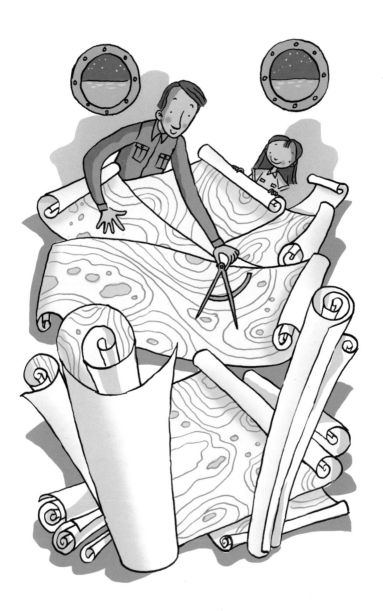

entusiasmo que le animaba a él,
se sintió mucho mejor, y se prometió
que cuidaría de la pequeña.

Capítulo 2

Donde comienzan las primeras dificultades

Y así, cuando llegaron a Prado del Mar, contrataron a un equipo de porteadores y a un guía local. También encargaron que le hicieran a Isabelita dos trajes de pequeña exploradora color caqui, más dos pares de botas y dos sombreros con visera y red mosquitera.

Estudiaron el itinerario con la ayuda del guía y escucharon las leyendas locales: según estas leyendas el tesoro de los monos no podía salir de la isla de Testudo.

Como Pedro de Silva pensaba que las leyendas solo alimentaban supersticiones, volvió a hacerse a la mar en una barca, rumbo a la isla misteriosa.

De todas sus cosas, Isabelita solo pudo llevar lo que cupo en su mochila: un cuaderno encuadernado en piel azul, todavía sin estrenar; el estuche con la tinta y la pluma; su muñeco Pilo, un monito de peluche color avellana que tenía desde que nació, y su amuleto, una pequeña piedra azul que colgaba de un cordoncito de cuero, que llevaba anudado al cuello. Eso era todo.

Su padre, el explorador, podía
sentirse orgulloso de ella. Ahí estaba
ella, Isabelita, lista para vivir su
primera aventura, con el sombrero,
la chaqueta llena de bolsillos, los
cómodos pantalones metidos dentro
de las botas y la mochila sobre sus
hombros.

Ya en la barca, en silencio,
contemplaba el mar azul que los

rodeaba, veía las gaviotas volar en el cielo y a los delfines saltar.

De pronto avistaron un punto a lo lejos, primero era gris, luego se hizo azul oscuro, y a medida que se acercaban a la costa pudieron distinguir unas zonas verdes.

Era la isla de Testudo se extendía ante ellos. Tenía la forma del caparazón de una tortuga.

Los primeros días fueron los más difíciles.

Mientras el padre daba órdenes y organizaba al equipo, mantenía conversaciones secretas con el guía y consultaba viejos mapas y unos cuadernos de apuntes, Isabelita tuvo que aprender a adaptarse a la vida de exploradora.

En la isla no había ni cuartos de
baño ni duchas, pero debía apañárselas
y asearse igualmente, aunque lo hiciera
menos que de costumbre.

Aprendió a usar el agua de forma
responsable, sin malgastar ni una gota,
porque no disponían de mucha. Se
acostumbró a llevar dos trenzas y se
recogía el pelo bajo el sombrero para
que no se le enredara, ni le molestara
en los ojos.

¿Y qué hacía con los insectos…? Para evitar las picaduras, debía llevar la mayor parte del cuerpo cubierto.

Por recomendación del guía, se aplicaba además en las manos y en la cara el jugo de una planta exótica, que por su olor los mantenía alejados.

¿Y qué hacía para dormir? Lo hacía en una tienda de campaña, sobre una especie de catre en el cual extendía un gran saco de dormir.

Por la noche, a Isabelita le era difícil conciliar el sueño, porque se oían ruidos de animales. Podían ser de lobos, búhos, serpientes, hienas u otros animales peligrosos. Y por la mañana, se despertaba en cuanto salía el sol, aunque siguiera teniendo sueño.

En lo que se refiere a la comida, quienes cocinaban eran los porteadores, utilizando lo que tenían a mano: extrañas hierbas de fuerte aroma para hacer sopas, carne asada, legumbres diferentes a las que solía comer en casa…

No había helados ni tartas ni golosinas. Pero Isabelita descubrió que comer con las manos le encantaba y que cuando se tiene hambre todo sabe rico, por muy raro que sea.

Aprendía rápido. Pronto se convirtió en toda una exploradora. De eso se dio cuenta su padre, a pesar de que se pasaba el día ocupado preparando la expedición.

«De tal palo tal astilla —se dijo—, la pequeña se parece a mí». Tenía razón, mucho más de lo que se imaginaba.

CAPÍTULO 3

Donde Isabelita intenta
hablar con su padre,
pero él no la escucha

Por fin, un buen día, al amanecer, inició la expedición. Levantaron el campamento, doblaron las camas y las tiendas de campaña y guardaron las provisiones. Los porteadores se pusieron en fila siguiendo a Isabelita, que a su vez seguía a su padre, que iba detrás del guía, y en este orden recorrieron la primera etapa de su itinerario.

Isabelita se dio cuenta enseguida de que la isla quería mantener escondido su secreto. En cuanto dejaron la playa, que parecía un pequeño paraíso, con las palmeras, la arena blanca y el dulce sonido de las olas, se adentraron en una jungla tan impenetrable que era difícil creer que alguien antes hubiera puesto un pie en ella.

No había marcado ningún sendero. El guía, que era el primero de la fila, pisaba las altas y blandas hierbas, que se volvían a levantar tras su paso y se doblaban de nuevo al paso del padre de Isabelita, para volver a alzarse disparadas, como un resorte, ante la niña.

Alguna vez recibió Isabelita un buen latigazo en la nariz. Por eso aprendió enseguida que debía caminar protegiéndose la cara con las manos.

Nubes de mosquitos de gran tamaño se lanzaban sobre ellos; y cuando no eran los mosquitos, era el turno de unos bichitos más pequeños pero no por ello menos furiosos, o el de unos insectos verdes y grandes como colibríes y dotados de una especie de aguijón que era mejor evitar.

Serpientes de todos los colores se enrollaban en las ramas, y se dejaban caer de vez en cuando entre los pies de los intrusos; pequeños animales peludos, parecidos a los monos, resoplaban mientras saltaban de un árbol a otro, dando la impresión de tener muy mal carácter. En un tramo del recorrido, una manada de animales, parecidos a los jabalíes, pero el doble de grandes y de color violeta, se cruzó por su camino y se vieron obligados a dejarlos pasar, porque tenían un buen par de colmillos que era mejor evitar.

Con todo esto, sin embargo, Isabelita, más que asustarse, se divertía: ¡no había visto nunca criaturas como esas! Le fascinaba poder contemplar la extraordinaria variedad de especies de aquella jungla.

Por la noche, después de montar el campamento, mientras esperaban la cena, trató de dibujar en su cuaderno los animales que había visto. Como no llevaba consigo la caja de colores,

escribió junto a cada dibujo, con gran precisión, el color correspondiente al pelo de cada animal que dibujaba, para no olvidarse y poder colorearlos cuando pudiera recuperar sus pinturas.

—Papá, ¿viste a esos animales que saltan de árbol en árbol? Parecían monos —dijo, inclinada sobre su cuaderno, mientras dibujaba con brío—. Eran preciosos. Al sol, parecía como si su pelaje fuera de oro…

—Sí, Isabelita —dijo el padre sin prestarle demasiada atención—. ¿Te importa, querida, que ahora me centre en mi trabajo? Necesito organizar la etapa de mañana, y creo que no he interpretado correctamente las memorias de sir Duke de Tremain,

la única persona que ha explorado
esta isla, hace ahora cincuenta años…
—Y se sumergió de nuevo en el
estudio de uno de esos cuadernos,
que debían de ser, sin duda, los
diarios del explorador que los había
precedido.

Isabelita lo miró e hizo una mueca: se sentía un poco decepcionada. En definitiva, era su primera aventura juntos, y a ella le habría gustado que su padre hubiera prestado atención a sus observaciones y que se hubiera parado al menos cinco minutos a mirar y comentar sus dibujos.

Sabía que tenía talento y que los animales que habían visto no eran en absoluto normales. Pero aunque siguió mirando fijamente a su padre durante unos minutos, él no levantó la vista del cuaderno, ni siquiera para comer, e Isabelita, melancólica, volvió a centrarse en sus dibujos. Entonces se le ocurrió la idea de completarlos con descripciones

precisas de los animales, y a eso se
dedicó toda la noche, hasta que se
apagaron las antorchas y se fue a
dormir.

Escuchando cómo roncaba su
padre en la tienda de al lado,
Isabelita volvió a pensar en aquellos
extraños encuentros: los monos que
había visto volar veloces sobre sus
cabezas eran idénticos a Pilo,
solo que más pequeños. Parecían
simpáticos monos en miniatura,
y parecían estar hechos realmente
de oro…

Isabelita se quedó dormida y soñó
con ellos toda la noche…
una multitud de monos graciosos
bajaban de los árboles y se acercaban
para hacerle cosquillas. Mientras

dormía, abrazó con más fuerza a Pilo.
Le gustaba la suavidad de su pelaje,
y las cosquillas que sentía cuando
lo abrazaba.

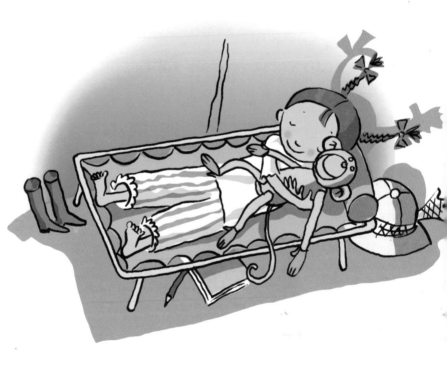

Capítulo 4

Donde encuentran las ruinas del templo

Algunos días más tarde, después de haber cambiado varias veces la dirección de la marcha y de haber estudiado y discutido con el guía los detalles del relato de Tremain, en medio de la selva, se abrió un paisaje distinto al que ya estaban habituados, el de árboles inmensos entrelazados desde sus copas con lianas que colgaban hasta

el suelo, y de hojas tan grandes que
ocultaban la luz del sol.

—¡Ahí está! ¡Ahí está! ¡Es el templo!
—gritó Pedro de Silva, provocando la
estampida de una bandada de
papagayos azules.

—A mí me parecen una piedras
—observó Isabelita, dando una patadita
a una de ellas. Era blanca y casi
cuadrada. Su padre bailaba y saltaba
a su alrededor.

—Pero ¿qué dices? ¿No ves los dibujos? Están talladas con la técnica empleada hace mil quinientos años por los habitantes de la isla… Mira, mira aquí.

—Yo solo veo manchas —dijo Isabelita, siguiendo la dirección del dedo índice de su padre.

—No ahí, más abajo. La talla de los indios Tihaqué…

Isabelita intercambió una mirada con el guía, que era indio Tihaqué, uno de los pocos que habitaban en la isla, porque en ella no vivía ya casi nadie desde hacía al menos tres siglos. El indio, que se llamaba Manos, le sonrió y le guiñó un ojo, como queriendo expresar: «sabemos que es un tipo extraño, pero lo aceptamos tal y como es».

Isabelita suspiró: en esas piedras no veía nada que fuese interesante, y ahí, en medio de la jungla, tampoco parecía que fuera un buen lugar para levantar un templo. Y si realmente eran las ruinas de un templo, tendrían que aparecer más piedras que esas. ¿Qué interés podría tener ese montón de piedras así colocadas?, se preguntaba.

Enseguida, se distrajo con otra cosa. Era una mariposa enorme, de color verde esmeralda. Se posó durante un instante sobre un pedrusco antes de retomar el vuelo y confundirse con la densa espesura.

—Qué bonita… No había visto nunca ninguna mariposa de ese color…

Sacó de su mochila el cuaderno, la dibujó en unos pocos y rápidos trazos y llenó la página de anotaciones: *Verde como el agua del mar junto a la costa… Verde como la piedra del anillo de una princesa… Verde como la hoja más alta del más alto plátano…*

Isabelita y su padre, pues, eran exploradores, pero con inquietudes bien distintas.

A él le interesaba el pasado y a ella el presente. A él le interesaban los objetos inmóviles y a ella los que estaban en movimiento y llenos de vida. Y mientras Isabelita prestaba atención a todas las mariposas que pasaban por allí (una, de color amarillo limón; otra, pequeñísima, color berenjena; otra, verde y roja), su padre medía con grandes pasos la jungla, convencido de haber descubierto el perímetro del templo, y plantaba estacas en puntos que conocía solo él, para reconstruir su planta.

Continuaron así hasta el anochecer: ella, persiguiendo mariposas, y él, siguiendo el rastro de las piedras. Los porteadores montaron el campamento,

el guía volvió de caza y, después
de cocinar la presa, cenaron todos
juntos. Así concluyó el primer día
importante de la expedición.

Don Pedro, con la ayuda de una
linterna, ataba alambre a las estacas
para delimitar el perímetro del
templo, entusiasmado por los nuevos

descubrimientos que haría en cuanto amaneciera. Isabelita, mientras tanto, dibujaba mariposas animosamente.

Capítulo 5

Donde se demuestra que el tesoro
estaba muy bien escondido,
prácticamente imposible
de descubrir

Pasaron los días, todos iguales unos a otros. Don Pedro trabajaba muy duro bajo el sol, sin prestarle atención a las picaduras de los insectos. Se detenía solo para beber, algo que era inevitable con el calor que hacía, y obligaba a los pobres porteadores a seguir su ritmo frenético, como si también ellos fueran arqueólogos.

Por suerte, los porteadores eran todos indios como Manos, y tenían la misma energía.

Para sentirse fuertes solían masticar unas flores naranjas, que debían de tener poderes extraordinarios, porque se mantenían con energía durante todo el día.

Isabelita, a quien dejaban a su aire, dibujaba y exploraba, aunque solía quedarse cerca, donde pudiera oír a los porteadores y a su padre, pues la jungla era realmente un lugar impenetrable, de vegetación abundante, y era difícil saber qué escondía su interior. Pero incluso así, sin alejarse demasiado del campamento, que era también el lugar de las excavaciones, lograba descubrir un montón de cosas.

Además de las mariposas, la jungla estaba llena de insectos grandes y coloridos. Isabelita los observaba con mucha curiosidad, aunque procuraba no tocarlos (estaba casi segura de que eran venenosos, y mucho). Milpiés escarlatas, coleópteros con alas violetas, orugas de colores pastel, como el atardecer, hormigas amarillas translúcidas...

Un día, a escondidas, masticó también ella un pétalo de aquella famosa flor naranja, que había encontrado en el camino.

De repente, todo le empezó a dar vueltas, y todas las cosas que pasaban delante de sus ojos (mariposas e insectos, pequeños y grandes pájaros, corolas de mil colores) se hicieron más y más grandes, hasta dar vida a todo un mundo fantástico en el que se sentía pequeñísima, como Alicia después de haber bebido de la famosa botella, o como Gulliver en Liliput, y observaba maravillada todo lo que la rodeaba.

Después, se quedó aturdida durante varias horas; así que decidió no volver a probarla. Le bastaba con las sensaciones que le producía lo que oía: los ruidos amplificados por el silencio, los sonidos que hacían animales misteriosos e invisibles, el canto de los pájaros y el ruido de sus alas al moverse, el zumbido de los insectos entregados a sus diferentes tareas...

De vez en cuando, cuando se sentía más segura, Isabelita se aventuraba unos metros más allá del campamento. Apenas se adentraba en la jungla, sentía como si unas extrañas sombras se proyectaran sobre ella, y oía risitas, y notaba como si unas pequeñas manos le acariciaran los hombros y la espalda. Cuando se giraba, no lograba ver a nadie.

Pero alguien había, de eso no tenía duda. Una mañana, por ejemplo, se sintió repentinamente más ligera y comprobó que le habían quitado su sombrero de exploradora. Poco después lo encontró colgado de una rama. Podía llegar hasta ella a pesar de su corta estatura. En otra ocasión, mientras dibujaba en su cuaderno azul, sintió cómo una mano minúscula, idéntica a la suya salvo por el color y por el pelo que la cubría, agarraba su bolígrafo y se lo llevaba. Isabelita levantó la cabeza de inmediato, pero no pudo ver a nadie. El bolígrafo regresó como por arte de magia a su sitio, entre las páginas del cuaderno. Isabelita no supo en qué momento, porque ella había dejado el cuaderno apoyado en un tronco para poder buscar con más comodidad al misterioso ladrón.

Y, en otra ocasión más, alguien soltó el lazo que ataba sus trenzas. Las trenzas se deslizaron sobre sus hombros y ella apenas tuvo tiempo

de girarse para ver un extremo del lazo, que desapareció en la densa vegetación.

El lazo volvió a aparecer, cuidadosamente anudado a su muñeca. Lo vio al despertar de la siesta, pues se había echado para seguir con la búsqueda del ladrón después de haber descansado.

Algo, pues, misterioso y furtivo, acechaba a Isabelita.

Ella intentó hablar de las extrañas desapariciones con su padre, una noche, mientras cenaban:

—Sabes, papá, cada vez que voy sola por la selva… ejem…

Y entonces calló, porque se dio cuenta de que había hablado demasiado. Como su padre asintió con la cabeza y esbozó una sonrisa, ella, animada, siguió hablando:

—Bueno, sí, lo que pasa es que hay alguien… o algo… que me sigue… que me hace compañía… que me quita cosas, pero luego me las devuelve siempre… está y no está. ¿Qué crees que puede ser?

—Tonterías. Fantasías de niña —respondió el padre, y se sumergió en su lectura.

—De verdad hay algo que me sigue. Tengo la sensación de que es pequeño, y rápido, y de color amarillo... ¿Tienes idea de qué puede ser?

Esta vez el padre ni siquiera levantó la mirada, y como única respuesta siguió asintiendo mecánicamente, con la misma sonrisa de antes.

Isabelita entendió que no la estaba escuchando: hacía que la oía, pero sin duda estaba inmerso en otros pensamientos. Y así decidió Isabelita que no hablaría más de ello.

En cambio, Manos, que había escuchado con atención las palabras de la niña, al final de la cena se le acercó y le dijo:

—Niña. Tú distinta. Espíritus de la selva buenos contigo. Amables si quieren. Malos si quieren. Amables contigo. Ser bueno. Ser importante.

Y le dio una palmadita en la cabeza. Isabelita sintió que los ojos se le llenaban de lágrimas: ¡qué bonito era sentir que alguien la escuchaba y la comprendía!

Necesitaba muy poco para sentirse bien. Y además, Manos le había dicho algo importante: alguien o algo, lo que fuera esa extraña presencia, estaba de su parte, y no debía sentir miedo. Ella, en realidad, no tenía miedo, ni siquiera un poquito.

Esa noche, Isabelita se fue a la cama contenta: porque no fantaseaba, tenía un amigo de verdad. Su padre no le dedicaba mucho tiempo, pues estaba muy ocupado en su investigación: había

localizado el perímetro del templo, o de
lo que él creía que fue el templo.

Pedro de Silva había señalado cuál
debía de ser el centro, o lo que él creía
que debía de ser el centro, donde,
según él, tenía que encontrarse la

cámara secreta que contenía el famoso tesoro.

Pero podía ocurrir que la cámara secreta simplemente no existiera, porque por mucho que se esforzaba y calculaba y excavaba, el padre de Isabelita no encontraba rastro de ella, ya fuera secreta o no.

Aquel inmenso círculo de piedras, que parecían dientes de un gigante, era lo único que quedaba de cualquier construcción hecha por la mano del hombre en aquel lugar. No encontraron piedras preciosas, ni pepitas de oro, ni nada que pudiera formar parte de algún tesoro. ¿Acaso era solo una leyenda? ¿Acaso los diarios de sir Duke de Tremain no decían toda la verdad?

Lo que no encontró en los diarios
de sir Duke, pero sí descubrió allí, era
una extraña serie de pequeños
agujeros, semejantes a madrigueras
de ratones de campo. El terreno que
cercaba el círculo de piedras aparecía
agujereado. Quizá fueran
simplemente lo que parecían, pensaba
el explorador, madrigueras de
animales semejantes a los ratones,

aunque ratones no eran. En cualquier caso, eran demasiado pequeñas para ser pasadizos a la cámara secreta.

Entonces, ¿dónde se hallaban esos malditos pasadizos?

Pedro no podía dejar de pensar en ello y no se daba cuenta de que Isabelita deseaba poder ayudarlo en su búsqueda.

Capítulo 6

*Donde Isabelita descubre
un auténtico tesoro
y lo deja donde está*

Isabelita tenía un único objetivo: ver, aunque fuera solo una vez, las extrañas criaturas que la acechaban, silenciosas y burlonas. Para ello decidió tenderles una trampa. Se quitó del cuello el colgante que le había regalado su madre, dejó la piedra azul en la palma de su mano y se quedó observándola: era realmente muy

bonita, parecía un trocito de cielo, o
una gota de agua cristalina. Después,
la colgó de una rama baja y alrededor
ató algunas cintas que usaba para
anudarse las trenzas. Hizo con ellas
unos bonitos y vistosos lazos: uno
rosa, otro amarillo, otro verde, otro
azul… Parecía que las extrañas
mariposas gigantes se hubieran posado
todas en fila para contemplar aquella
hermosa piedra azul. Parecía que ese
rincón de la jungla estuviese habitado
por hadas.

¿Y si esas extrañas criaturas eran precisamente hadas? Los libros de Isabelita estaban llenos de ellas: hadas minúsculas, del tamaño de un pulgar, aladas, ágiles... Se movían como libélulas de una hoja a otra. Se vestían con las corolas de las flores, y se divertían gastando bromas a los más pequeños...

Pero no, no es posible, se dijo, mientras esperaba bajo una enorme hoja de plátano que la cubría como si fuera una manta.

«Si existieran en esta parte del mundo tendrían la piel morena, como Manos y sus amigos —pensaba Isabelita—, y llevarían vestiditos de piel, y se alimentarían de frutas exóticas...».

Perdida en sus fantasías, Isabelita advirtió la presencia de una criatura mágica. Se había acercado sigilosamente para tocar la piedra azul del colgante.

Fue su reflejo lo que atrajo de pronto la atención de la niña. Entonces vio a un curioso animal, parecido a un mono, en miniatura, de color dorado, exactamente igual a su muñeco de peluche Pilo. El monito no dejaba de tocar el colgante. Aparecieron otros a su alrededor: uno, dos, cinco, diez, veinte... En un instante la explanada se llenó de esas extrañas criaturas.

Isabelita ya los había visto el día que habían desembarcado en la isla de Testudo, pero se había entretenido

con otras maravillas que encontró
en el camino y se había olvidado
de ellas.

Pero ahora lo entendía todo: eran
criaturas tan reservadas y huidizas
que aquel primer día las había
descubierto solo de casualidad. Hacía
mucho tiempo que no llegaban
exploradores a la isla. Se asustaron y
solo se acercaban sigilosas guiadas

por la curiosidad. Y, al final, se habían sentido tan confiadas que habían decidido dejarse ver por ella.

—¡Qué bonitos sois! —dijo Isabelita en voz baja, pero dando palmas, a pesar de que sabía que no debía hacer ruido, pues no podía contener su entusiasmo.

Los monitos se giraron hacia ella, se quedaron inmóviles durante un instante para desaparecer veloces entre la espesura de la jungla.

—¡Oh, no! —susurró Isabelita—. Os he asustado, y ahora ya no os volveré a ver más… o puede ser que ni siquiera os haya visto de verdad y que seáis tan solo fruto de mi imaginación… Ha podido ser solo un sueño, quizá no existáis de verdad… ¡Y ya no volváis nunca más!

Entonces se echó a llorar, incapaz de controlar la emoción.

Lloraba, con la cara oculta entre las manos y los hombros temblorosos por el llanto, y no se dio cuenta de que los diminutos monos habían regresado y la observaban a través del follaje, separando las hojas con sus dedos minúsculos.

Las criaturas mágicas se miraban con sus grandes ojos dorados. Poco a poco, sin hacer ruido, se acercaban cada vez más a ella, hasta rodearla.

Isabelita se dejó caer sobre un viejo tronco. Cuando consiguió calmarse, se enjugó las lágrimas y miró a su alrededor. Entonces se dio cuenta de que los monitos la rodeaban, pequeños como hadas, igualmente delicados, solo que peludos y rubios como el oro cuando brilla a la luz del sol.

—¡Oh! ¡Pero si de cerca sois todavía más bonitos! —murmuró, y les tendió los brazos.

Tres monitos se subieron a la palma de su mano; otros dos, a la palma de la otra; los demás se sentaron sobre sus rodillas y sus hombros. Olían muy bien, a miel y a hierba. Sus patitas dejaban pequeñas huellas doradas, y con sus hociquitos la acariciaban cariñosos.

Cuando saltaban, dejaban tras de sí un resplandor dorado, una especie de nube mágica lo envolvía todo a su paso. Isabelita estaba asombrada. «Son maravillosos», pensaba.

Eran tan tiernos, tan frágiles y cercanos…

La tarde pasó en un santiamén, entre caricias y juegos. Si queréis saber qué hicieron Isabelita y los monitos de oro debéis consultar su cuaderno. El Museo Británico lo adquirió hace un siglo y medio y lo conserva junto a otros objetos curiosos, como el lápiz de labios de Cleopatra, el espejo de Afrodita, los juguetes de Alejandro Magno o el telescopio de Galileo.

Isabelita hizo en él sus dibujos, en él recogió los detalles sobre su aventura en la isla, con paciencia y entusiasmo, sobre lo que ocurrió aquella misma tarde y todos los días que siguieron.

A Manos, le contó su experiencia con aquellas criaturas fantásticas. Él asentía comprensivo, y le dijo:

—Buena chica. Tú conocer secreto de Testudo. Tú guardar verdadero tesoro en tu corazón.

Pedro de Silva podría haber conocido el secreto de Isabelita de haber querido saber qué hacía ella durante aquellos días en la jungla. Sin embargo, el siguió excavando y buscando, buscando y excavando, durante días y días, inútilmente, intentando encontrar el tesoro, que como bien descubrió Isabelita se encontraba en otro lugar. ¿Dónde?

Los monos dorados eran el verdadero tesoro del templo. El corazón del templo no era una sala secreta, como pensaba Pedro de Silva, ni como había supuesto sir Duke de Tremain. El corazón del templo, delimitado por el perímetro de grandes piedras semejantes a los dientes de un gigante, era una mina de oro subterránea, imposible de encontrar, al menos para un ser humano, porque los túneles que

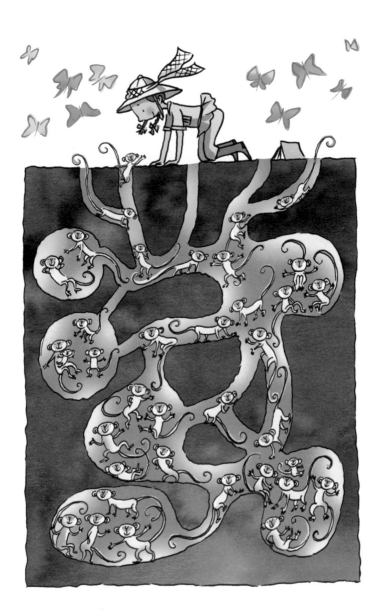

llegaban hasta allí habían sido excavados por los monitos, que vivían precisamente en ese lugar.

Y como vivían allí, y dormían en las galerías subterráneas tapizadas de oro, respiraban el polvo del precioso mineral y su pelo se teñía.

No eran solo dorados, sino que eran auténticos monos de oro. Brillaban al sol como si fueran pepitas, estornudaban polvo de oro, y dejaban huellas preciosas dondequiera que posaran sus patitas.

Isabelita lo fue descubriendo poco a poco, pasando mucho tiempo con sus amigos los monos, siguiéndolos, observándolos, viéndolos desaparecer en los agujeros (cuando su padre y los excavadores estaban lejos) y viéndolos

reaparecer después más dorados y
brillantes que antes. Una noche,
delante del fuego, le contó su teoría
a Manos. Él asintió con la cabeza
y dijo:

—Niña ha comprendido todo.
Siempre niño comprende. Corazón no
ambicioso tener acceso a tesoro.
Corazón de piedra no comprender
y no conseguir nada.

Ese era su secreto, y siguió siéndolo.
Isabelita habría querido contárselo
también a su padre, pero temía que,
arrebatado por el entusiasmo del
descubrimiento, que le permitiría
resolver el misterio de la isla, decidiera
hacer daño a los monitos, incluso sin
mala intención; que quisiera llevarse a
unos cuantos consigo para mostrarlos

al mundo y hablar de Testudo y del secreto que escondía. Los habría hecho sufrir y habría contribuido a su desaparición, porque si se llegaba a saber que los monitos guardaban una mina de oro, alguien habría decidido explotarla, destruyendo el mundo todavía intacto de esos pequeños seres adorables.

Quizá se equivocaba; quizá su padre se enterneciera como le había pasado a ella, y respetara a las criaturitas y su mundo. Quizá apreciara la delicadeza con que Isabelita se había acercado a ellos.

Quizá sí. Quizá no.

Ella no quería poner en peligro a aquellas maravillosas criaturas, no quería encontrarse con un monito

de oro atrapado en un museo, o
convertido en un elegante abrigo
dorado o en un par de zapatitos
de oro.

Epílogo

Pero aquí no termina la historia.
Debemos contar todavía qué le
ocurrió a Isabelita, a su padre y al resto
de la expedición. Don Pedro, al final,
se cansó de buscar la entrada secreta
al templo que, según creía, lo llevaría
hasta el tesoro. Pero sabemos por
Isabelita que el tesoro no se
encontraba precisamente donde
él buscaba.

Decepcionado y amargado, antes de abandonar la isla, hizo una hoguera con los valiosos apuntes de sir Duke de Tremain, con los mapas y con todas sus notas. Regresó a Prado del Mar, donde se despidió de Manos y los porteadores, y regresó con Isabelita a casa, donde hizo una larga e insólita parada para recuperarse de cuanto había sufrido, y pensar cuál sería su próxima aventura.

Isabelita se despidió con cierta tristeza de los monitos dorados, pero antes les hizo un preciado regalo...

Quien, después de ella, llegara a la isla de Testudo y tuviera la suerte de ver a alguno de aquellos monitos, quizá viera también que algo llevaba colgado en un lacito de cuero: una piedra azul, como un trocito de cielo. O puede que quedara tan maravillado por el extraordinario color dorado del pelo del monito, que no viera la piedra.

Isabelita los llevó siempre en su corazón, y en sus dibujos, porque había llenado su cuaderno de viaje con sus bocetos.

En cuanto regresó a Prado del Mar se compró una caja de ceras y otra de acuarelas para colorear los dibujos antes de que las imágenes se borraran de su memoria.

Desde entonces, siempre acompañó a su padre en sus viajes, y siguió haciendo grandes descubrimientos, aunque no todos tan extraordinarios como el de los monos. Por su capacidad de asombro, su curiosidad por descubrir cosas nuevas y por aprender todos los días, sabía observar y percibía lo que para otros podía llegar a ser invisible.

Tenía tanta imaginación que decidió inventar e ilustrar sus propias aventuras.

Índice

Otros títulos de la colección

GUAPAS, LISTAS Y VALIENTES

1. Ágata y los espejos mentirosos

La malvada bruja del bosque ha usado su magia y todos los espejos del castillo están encantados. La reina Olga ya no puede admirar su belleza y se desespera. Por eso la princesa Ágata tiene que partir hacia tierras desconocidas, para encontrar el modo de acabar con el poder de la bruja. En su viaje correrá un sinfín de aventuras.

2. La niña de los pies grandes

Menta tiene ocho años y los pies largos, larguísimos. Sus pies son como patines o pequeños esquís. Poco aptos para la danza, por ejemplo, pero útiles para muchas otras cosas, como descubrirá en esta divertida y emocionante aventura.

3. El regalo de la hija del rey

Uma es la pequeña de siete hermanos y la única niña. Su padre, el rey Molefi, ha de decidir quién le sucederá en el trono: «Quien me haga el mejor regalo», anuncia. La pequeña Uma, armada solo con su audacia e imaginación, emprende un largo viaje en busca del regalo más preciado.

4. La pequeña dragona

Cuando Min se divierte, lo hace siempre burlándose de los demás. Hasta que aparece el gran dragón y la convierte en una pequeña dragona. No podrá recuperar su aspecto de niña hasta pasado un año. El tiempo necesario para entender el daño que se puede hacer a los demás usando las palabras. Para Min será un año lleno de aventuras…

6. La niña de las adivinanzas

Ilide tiene un extraordinario talento para las palabras: sabe encontrar siempre la respuesta exacta y resolver cualquier enigma. Su familia celebra la gran habilidad que tiene Ilide, pero ella sabe que debe ponerla al servicio de quien la necesita: vivir en su mundo, donde habitan seres fabulosos, no es fácil para quienes no saben resolver adivinanzas.